W9-CFD-523

Colección **libros para soñar**

© del texto original: Avelino Hernández, 2001
© de las ilustraciones: Federico Delicado, 2001
© de esta edición: Kalandraka Editora, 2002
Alemania 70, 36162 Pontevedra
Telefax: (34) 986 860 276
editora@kalandraka.com
www.kalandraka.com

Diseño: equipo gráfico de Kalandraka

Primera edición: mayo, 2002
ISBN: 84.8464.121.X
DL: PO.207.02

AVELINO
hernández

FEDERICO
delicado

AQUEL niño y AQUEL viejo

k a l a n d r a k a

AQUEL NIÑO tenía unos padres famosos.

Un día, ellos hicieron un viaje
y lo mandaron a la casa de la abuela, que estaba en la aldea.

Le gustaba mucho el campo, la aldea y la casa de la abuela;
pero estaba triste porque sus padres nunca estaban con él.

AQUEL VIEJO se había jubilado.

Como no tenía mucho que hacer, se dedicó a arreglar la casa.

Pintó puertas y ventanas, y reparó persianas;
pero estaba acostumbrado a estar con mucha gente
y le daba pena estar solo.

La casa de la abuela
estaba a la orilla de un río.

Tenía un jardín
lleno de plantas
y árboles.

En la primavera había cerezas.

En el verano,
melocotones.

En el otoño,
manzanas y membrillos.

Como sobraba de todo,
la abuela preparaba compota y dulce de membrillo.

AQUEL VIEJO vivía en la ciudad.

Por la mañana,

salía a comprar pan,

leche, el periódico...

Después desayunaba, regaba las plantas,

se asomaba a la ventana

y se pasaba mucho tiempo mirando a la gente

que pasaba por la calle.

La casa de la abuela
era grande y antigua.

Para ir al segundo piso

había que subir por unas escaleras desde el jardín.

Allá arriba había una terraza

con enredaderas y hiedras, y grandes ventanas.

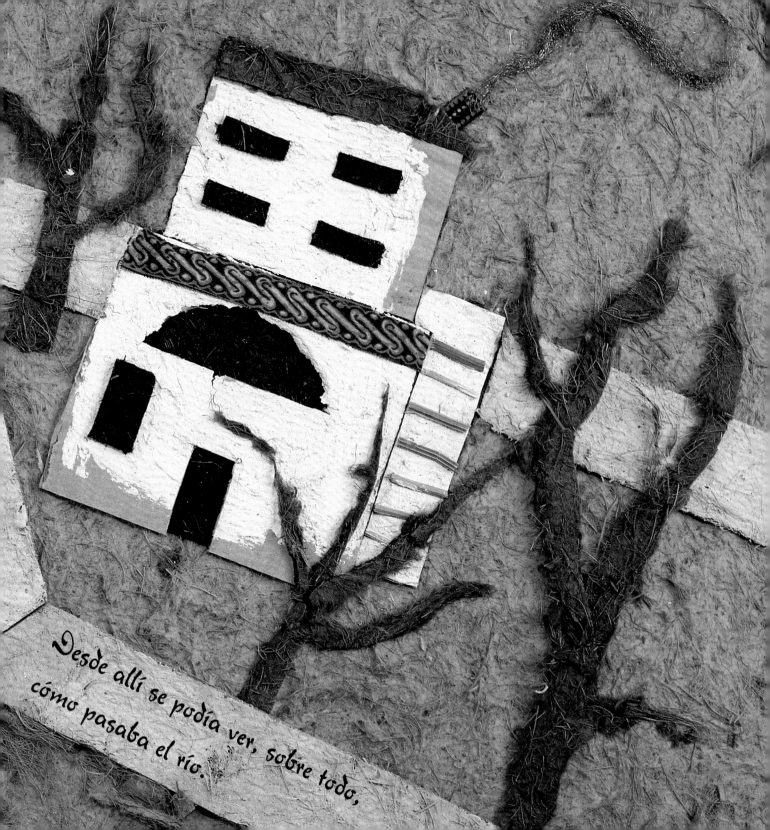

Desde allí se podía ver, sobre todo, cómo pasaba el río.

AQUEL VIEJO, después de comer,
se iba a jugar a las cartas.

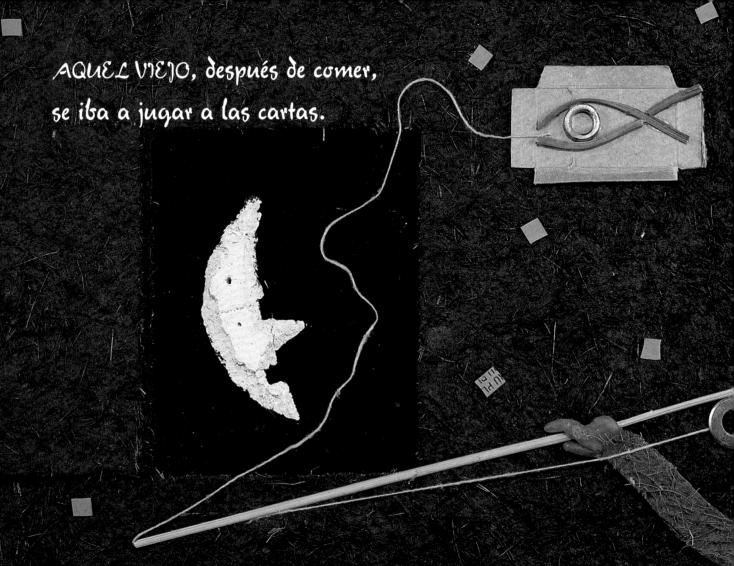

Después volvía a casa para cenar.

Pero se aburría de hacer siempre las mismas cosas
y decidió ir a pescar al río todas las mañanas.

AQUEL NIÑO, después de desayunar,

se ponía a estudiar, en una habitación grande, en una mesa enorme.

Si veía

un jilguero,

se acercaba a la ventana y se quedaba mirando.

Después de un rato,
se volvía a sentar delante de los libros
hasta que llegaba AQUEL VIEJO.

Entonces pegaba la nariz a los cristales
y se quedaba mirando y mirando...

AQUEL VIEJO iba en una bicicleta vieja.

Cruzaba el puente
y llegaba
a la otra orilla.

Arrimaba la bicicleta
a un abedul,

sacaba de la cesta
unos trozos de pan
y los echaba al río.

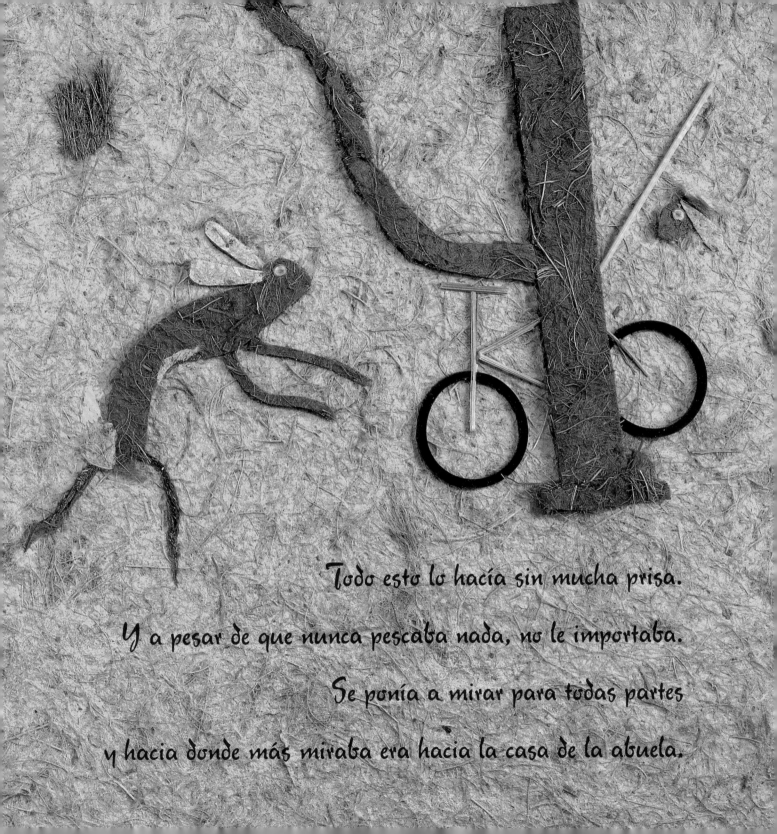

Todo esto lo hacía sin mucha prisa.

Y a pesar de que nunca pescaba nada, no le importaba.

Se ponía a mirar para todas partes

y hacia donde más miraba era hacia la casa de la abuela.

AQUEL NIÑO, con la nariz pegada a los cristales, pensaba:

¡Pobre viejo,

nunca pesca nada!

¡Pobre niño, tan aburrido, siempre mirando!

AQUEL niño,

un día cogió las sobras de la comida;

cruzó corriendo el puente de piedra

¡y las arrojó al río!

AQUEL VIEJO se fue a pescar
al día siguiente, como siempre.

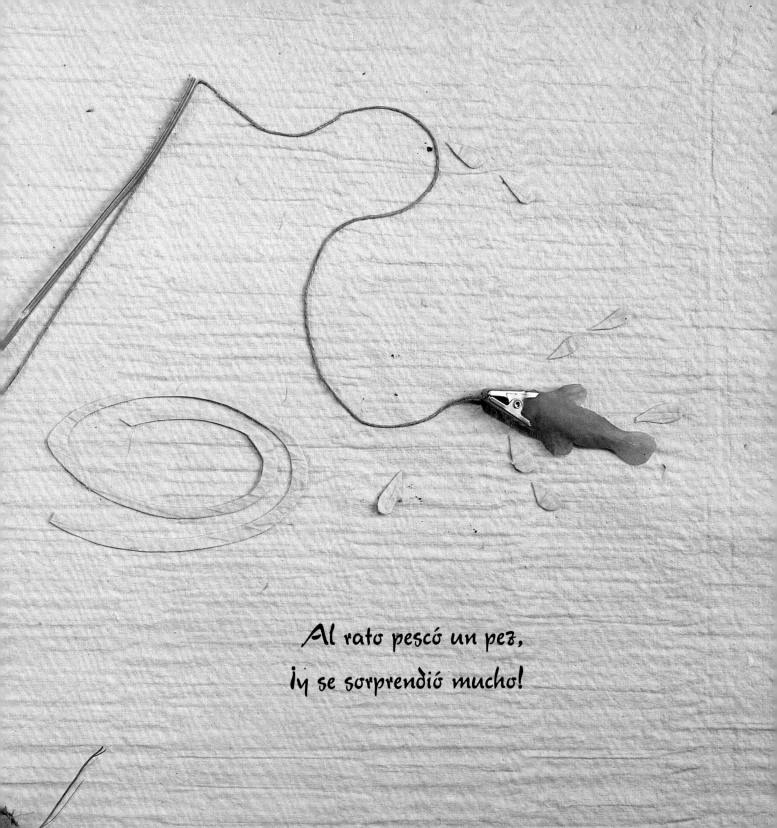

Al rato pescó un pez,
¡y se sorprendió mucho!

AQUEL NIÑO dio un salto de alegría

tras los cristales de las ventanas de la casa de la abuela.

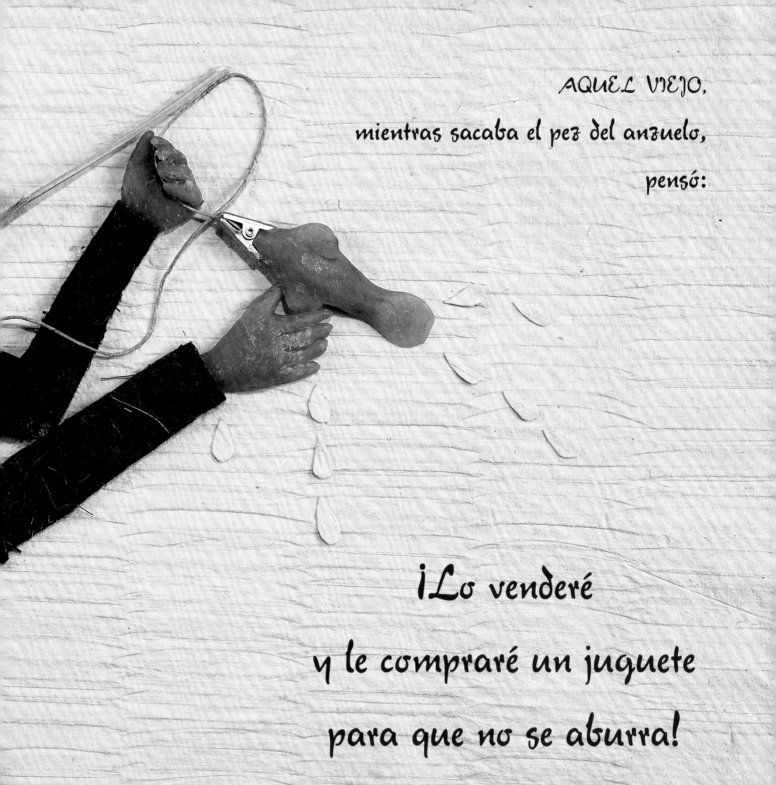

AQUEL VIEJO,

mientras sacaba el pez del anzuelo,

pensó:

¡Lo venderé

y le compraré un juguete

para que no se aburra!

AQUEL VIEJO se fue a pescar a la mañana siguiente, como siempre.

Pero no cruzó el puente.

Se paró delante de la casa de la abuela, y llamó:

¡Señora, quiero que le dé esto
al niño que me mira tras los cristales!

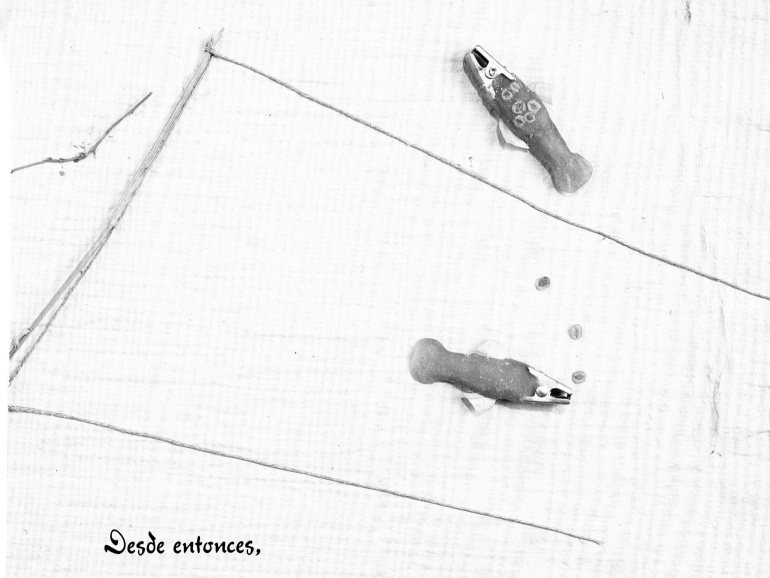

Desde entonces,

fueron a pescar juntos todos los días,

se hicieron amigos y nunca más volvieron a estar solos

AQUEL **niño** y AQUEL **viejo**.